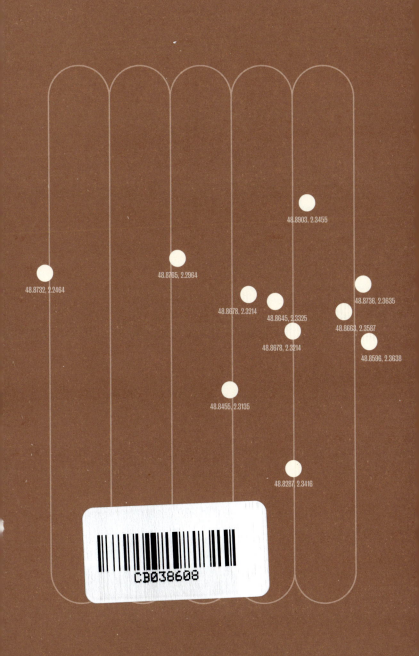

EU,
DE UM
ACIDENTE
OU DE
AMOR

EU, DE UM ACIDENTE OU DE AMOR

Loïc Demey
Tradução de Sylvain Bureau e Ronie Rodrigues

 telaranha

© Loïc Demey, Je, d'un accident ou d'amour, 2014. Cheyne éditeur, Devesset, France. All rights reserved.

TRADUÇÃO Sylvain Bureau e Ronie Rodrigues
COORDENAÇÃO EDITORIAL Bárbara Tanaka e Guilherme Conde M. Pereira
ASSISTENTE EDITORIAL Juliana Sehn
PROJETO GRÁFICO E DIAGRAMAÇÃO Manoela Haas
PREPARAÇÃO DA TRADUÇÃO Juliana Sehn
REVISÃO Bárbara Tanaka
COMUNICAÇÃO Hiago Rizzi
PRODUÇÃO Letícia Delgado e Raul K. Souza

DADOS INTERNACIONAIS DE CATALOGAÇÃO NA PUBLICAÇÃO (CIP)

D377e Demey, Loïc
    Eu, de um acidente ou de amor / Loïc Demey; tradução de Sylvain Bureau, Ronie Rodrigues. – 1. ed. – Curitiba, PR: Telaranha, 2025.

    48 p.

    Texto bilíngue, português e francês
    ISBN 978-65-85830-17-1

    1. Poesia francesa I. Bureau, Sylvain. II. Rodrigues, Ronie. III. Título.

                    CDD: 841

Índices para catálogo sistemático:
1. Poesia : Literatura francesa 841
Henrique Ramos Baldisserotto – Bibliotecário – CRB 10/2737

Direitos reservados à
TELARANHA EDIÇÕES
Rua Ébano Pereira, 269
Centro – Curitiba/PR – 80410-240
41 3220-7365 | contato@telaranha.com.br
www.telaranha.com.br

Impresso no Brasil
Feito o depósito legal

1ª edição
Abril de 2025

No princípio era o Verbo (...).
Evangelho segundo João

PREFÁCIO À EDIÇÃO BRASILEIRA

por Sylvain Bureau

A palavra *accident* tem, em francês, vários significados; entre eles, *acaso*. E foi justamente assim que tudo aconteceu: *Eu, de um acidente ou de amor* apareceu nas minhas mãos *por acaso*.

Eu já tinha ouvido falar deste livro em algum site de literatura contemporânea ou em alguma rede social. Tinha anotado o título na lista de livros a comprar em minha próxima viagem à França e me esqueci dele. Algumas semanas depois, porém, na frente de um bar popular em Curitiba, encontrei Ronie, um amigo que tinha acabado de voltar de lá. Ao conversar sobre a viagem, os encontros e a literatura, ele falou, com entusiasmo: "Ah, Sylvain, preciso te contar de um livro". Não sei de onde veio, por qual espírito, inclinação, vento, respondi na hora, sem nem pensar, que eu sabia de qual livro se tratava.

"Não é aquele livro sem verbos?"
"Mas como sabe?"
"Não faço ideia."
"Eu tenho ele no Brasil. Quer ver?"

Quando abri o livro em casa, não acreditei. Além da linda história, a geometria singela das frases desse texto trazia uma sonoridade única em uma complexa simplicidade. A cada capítulo eu ficava mais chocado. Devorei cada parágrafo, cada cena, cada palavra. Ao virar a última página, respirei e pensei comigo mesmo. Em mim pulsava uma imprescindível vontade de compartilhar esse tesouro com o maior número de pessoas ao meu redor. Só que eu estava no Brasil, onde poucas pessoas falam francês. Tive, então, uma ideia. Peguei um lápis, sentei-me à mesa e comecei a brincar, como Loïc Demey deve ter brincado ao escrever sobre Adele e Hadrien. Algumas horas depois, mandei a versão brasileira para Ronie, que tinha me oferecido o livro. Surpreso de reler tudo em português, ele novamente se encantou com o texto, e, juntos, pensamos em propor esta tradução para uma publicação bilíngue no Brasil.

Eis aqui o fruto do nosso trabalho. O fruto de um puro *acidente*.

Com amor,
   Sylvain Bureau

fevereiro de 2025

1.

Je, Hadrien. Et Adèle en tête.

Elle m'obession. Ses grands yeux verts dans mon regard me folie, ivresse d'Adèle. Hier soir encore, ici-même, assise en couturier après l'amour et bouteilles de vin blanc tiède.

Adèle, seulement Adèle.

1.

Eu, Hadrien. E Adele em mente.

Ela me obsessão. Seus grandes olhos verdes no meu olhar me loucura, embriaguez de Adele. Ontem à noite ainda, aqui mesmo, sentada de pernas cruzadas após o amor e garrafas de vinho branco morno.

Adele, apenas Adele.

2.

Excès d'août et de lumière.

Je me lit, je me draps et les rideaux tirés. Je me cigarette roulée et m'absence la force de dehors. J'invention une maladie au bureau. Je me fièvre et me courbatures, je me vomissements : probable insolation. Plus rien d'importance depuis cette fille sur une chaise verte du jardin du Luxembourg, voiliers miniatures et lecture de poche. Instinctivement, je pas vers elle et lui paroles futiles. Le soleil d'abord, la chaleur ensuite. McEwan enfin. Elle me réponses courtes, elle se mèche de cheveux châtains et fins derrière l'oreille. Elle se surprise puis me spontanément. « Oui », « bon ». « Sur la plage de Chesil ». Je causeries d'autres choses, de musique. D'elle. Je lui proposition d'un café en terrasse, elle acceptation si un thé.

Vert.

Mégot dans le cendrier lorsque sonnerie du téléphone. Cinquième appel, patiemment et nerveux. Nouveau, longtemps du message. Delphine se colère et se plaintes.

Mais Adèle, rien qu'Adèle.

2.

Excesso de agosto e de luz.

Eu me cama, eu me lençóis e cortinas fechadas. Eu me cigarro enrolado e me ausência a força de fora. Eu invenção uma doença no escritório. Eu me febre e me dores no corpo, eu me vômitos: provável insolação. Tudo sem importância desde essa garota em uma cadeira verde dos Jardins de Luxemburgo, veleiros em miniaturas e leitura de bolso. Instintivamente, eu passos até ela e lhe palavras fúteis. O sol primeiro, o calor em seguida. McEwan enfim. Ela me respostas curtas, ela se mecha de cabelo castanho e fino atrás da orelha. Ela se surpresa e me espontaneamente. "Sim", "tá". "Na praia de Chesil". Eu papos de outras coisas, de música. Dela. Eu lhe proposta para um café ao ar livre, ela aceitação se um chá.

Verde.

Bituca no cinzeiro quando toque do telefone. Quinta chamada, pacientemente e nervoso. Novamente, demora da mensagem. Delphine se brava e se reclamações.

Mas Adele, nada além de Adele.

3.

Depuis, ma pensée se désordre. Mon langage se confusion. D'un commencement comme ça. Je voiture Adèle jusqu'à la gare de l'Est, elle se départ chez elle, distance d'ici. Bien trop lointain. Elle m'amour, je l'énormément, mais elle s'en retour. A trois centaines de kilomètres.

Je l'au-revoir du quai, elle me cadeau d'un baiser avant disparition. Je larmes et m'injuste, je me rage, je me seul en voiture. Je me ville, je me boulevard périphérique, je sanglots de plus grand et m'aveuglement avec peine et courroucé. Je me vitesse et perte de contrôle.

Je dérapage. Un arbre. Ma tête se coup dans le volant. Je m'inconscient puis m'ouverture un œil. Rétroviseur. Rien de gravité ou presque rien.

Depuis ma pensée se confusion et mon langage se désordre. En cause d'Adèle ? A raison du choc ? J'ignorance l'exact comment du pourquoi. Je me perdition des mots, je m'égarement des phrases. Mes idées en déréglage et expression d'incohésion.

Je, d'un accident ou d'amour.

3.

Desde então, meus pensamentos se desordem. Minha linguagem se confusão. De um começo assim. Eu carro Adele até a Estação do Leste, ela se partida para casa, distância daqui. Longe demais. Ela me amor, eu a imensamente, mas ela se retorno. A trezentos quilômetros.

Eu a tchau na plataforma, ela me presente com um beijo antes sumiço. Eu lágrimas e me injusto, eu me raiva, eu me sozinho de carro. Eu me cidade, eu me via rápida, eu soluços maiores e me cegueira com pena e ira. Eu me velocidade e perda de controle.

Eu derrapagem. Uma árvore. Minha cabeça se golpe no volante. Eu me inconsciente e me abertura um olho. Retrovisor. Nada grave ou quase nada.

Desde então, meus pensamentos se confusão e minha linguagem se desordem. Por causa da Adele? Em razão do choque? Eu ignorância o exato como do porquê. Eu me perdição das palavras, eu me distração das frases. Minhas ideias em transtorno e expressão de incoerência.

Eu, de um acidente ou de amor.

4.

Jour premier

Paris se pas grand monde en été. Tour à autre, les travailleurs se campagne ou se famille en province. Ils se TGV jusqu'aux plages de la Côte d'Azur. De Bretagne. La circulation décrue d'automobiles, l'air se dépollution en pots d'échappement et crêpages de klaxons. Je sortie du travail à dix-huit heures moins trente et traversée en flânerie du jardin.

Je l'apparition de dos, je la contournement pour m'installation sur le sein du bâbord. Je la fixation, elle me curiosité et pic, mon cœur. Mon sens se givre.

Elle me soleil et m'étoiles, je me des astres à venir.

Je ronds de fumée et transe de la jambe tendue. Elle m'attirance tout en insoutenable. Me paralysie. Je me doigts dans la bataille de mes cheveux. Je me courage à deux mains et décision pour tentative. Je lui désolé du dérangement, debout et ridiculement.

« Hadrien.

— Adèle. »

4.

Dia primeiro

Paris se não muita gente no verão. Volta e meia, os trabalhadores se campo ou se família no interior. Eles se trem-bala até as praias da Riviera Francesa. Da Bretanha. A circulação redução de automóveis, o ar se limpeza com canos de escapes e brigas de buzinas. Eu saída do trabalho às cinco e meia e travessia a passeio pelo jardim.

Eu a aparecimento de costas, eu a contornamento para me instalação no seio do bombordo. Eu a fixação, ela me curiosidade e espada, meu coração. Meu sentido se geada.

Ela me sol e me estrelas, eu me astros a vir.

Eu círculos de fumaça e transe com a perna estendida. Ela me atração em insustentável. Me paralisia. Eu me dedos na bagunça dos meus cabelos. Eu me coragem com duas mãos e decisão para tentativa. Eu a desculpa por incomodar, de pé e vergonhosamente.

"Hadrien.
— Adele."

5.

Soir premier

On se chez moi, on s'appréhension.

Elle se cheveux déliés, je me chemise légèrement déboutonnée. On se distance respectable pour le moment, on se musique de chambre sans danse de salon.

La pendule se tic-tac, je me tactique : je la cil et vœu en frôlement de joue. Elle me sourire puis se soupirs.

On ne se mensonges pas. Elle et Martin, Delphine et je. Mais nous, ici et uniquement. On se silencieusement, on se délices de l'instant.

Elle se saphir dans le regard, paupières précieuses et clignements.

Je la lèvres. Enfin.

5.

Noite primeira

A gente se para minha casa, a gente se apreensão.

Ela se cabelo solto, eu me camisa levemente desabotoada. A gente se distância respeitável por enquanto, a gente se música de câmara sem dança de salão.

O relógio se tique-taque, eu me tática: eu a cílio e desejo em toque de bochecha. Ela me sorriso e se suspiros.

A gente não se mentiras. Ela e Martin, Delphine e eu. Mas nós, aqui e apenas. A gente se silenciosamente, a gente se delícias do instante.

Ela se safira no olhar, pálpebras preciosas e piscadas de olhos.

Eu a lábios. Enfim.

6.

Je l'affection aussi Delphine. Mais, depuis quelques mensualités, nos sentiments se pâles et se fades. Le rouge se rose et le blanc se boue.

On se trente ans passés avec pas l'envie de seul. On se fatalité, on se facilité. On se quotidien, on se tablette tactile et téléphone portable au petit-déjeuner. Le soir, on se télévision au lit. Elle se séries, je me navets. Et l'on se corps de moins en moins.

Notre couple s'usure. Jusqu'à la corde.

On se rituels : je me samedi chez ses parents, elle se dimanche chez les miens. On se calme plat. Je me morne, elle se plaine. Elle se train-train, je me ligne droite. On se routine, on se déroute.

Dans le fossé.

6.

Eu também afeição Delphine. Mas, depois algumas mensalidades, nossos sentimentos se pálidos e se insossos. O vermelho se rosa e o branco se lama.

A gente se trinta anos passados sem a vontade de sozinho. A gente se fatalidade, a gente se facilidade. A gente se cotidiano, se tablet e celular no café da manhã. À noite, a gente se televisão na cama. Ela se seriados, eu me filmes ruins. E a gente se corpo cada vez menos.

Nosso casal se esvaziamento. Até a última gota.

A gente se rituais: eu me sábado na casa de seus pais, ela se domingo na casa dos meus. A gente se calma mortal. Eu me apático, ela se planície. Ela se dia a dia, eu me linha reta. A gente se rotina, a gente se desvio.

Na vala.

7.

Jour deuxième

On se retrouvailles à l'égal de la veille, proches du bassin au séant du sénat. On se promenade quand Adèle se banc. Je me feuille, me tabac et m'à côté d'elle. Je lui main sur le bras, je lui doucement.

Adèle me projet de visite. De Sacré-Cœur, de Concorde, de Cité des Fleurs. Je me partant. On s'immobile. Elle se timidité, je me peureux, on se blanc des yeux comme deux bleus.

On se résolution de métro. Finalement on se station. Elle me tête sur l'épaule, elle me délicatement. On s'acclimatation, on s'apprivoisement. Adèle me psychologie, je la philosophie. Elle me Freud, je la Nietzsche, elle me Lacan, je la Socrate. On se connaissance de soi et ennui des autres.

On s'entente, on s'osmose. On se fusion d'esprits. On se rire et sérieux.

À dix-sept heures, elle se cadran de montre et carillon d'inquiétude. Adèle se panique. Elle se déjà, je me trop vite. Elle me plus tard et à ce soir. Je me soulagement.

Elle se contre moi, je lui baisers sur le front. On se bouche, et salive.

7.

Dia segundo

A gente se reencontro igual ao dia anterior, próximos do lago à beira do senado. A gente se passeio quando Adele se banco. Eu me papel de seda, me tabaco e me ao lado dela. Eu lhe mão no braço, eu lhe suavemente.

Adele me projeto de visita. De Sagrado Coração, de Concorde, de Cidade das Flores. Eu me bora. A gente se imóvel. Ela se timidez, eu me medroso, a gente se branco dos olhos como dois iniciantes.

A gente se decisão de metrô. Finalmente a gente se estação. Ela me cabeça no ombro, ela me delicadamente. A gente se adaptação, se domesticação. Adele me psicologia, eu a filosofia. Ela me Freud, eu a Nietzsche, ela me Lacan, eu a Sócrates. A gente se conhecimento de si e tédio dos outros.

A gente se entendimento, a gente se osmose. A gente se fusão de espíritos. A gente se risos e sérios.

Às dezessete horas, ela se relógio de pulso e sino de preocupação. Adele se pânico. Ela se já, eu me rápido demais. Ela me mais tarde e até a noite. Eu me alívio.

Ela se contra mim, eu lhe beijos na testa. A gente se boca, e saliva.

8.

Soir deuxième

Je me douche qui fuite, elle s'arrivée en avance.

Adèle se robe rouge et talons à l'affut sur le fauteuil. Je me serviette, elle se debout et m'autour du cou.

Je me chancelant, je me trac. Elle me chuchotements d'amour à l'oreille.

La rue se nuit, le ciel se lune. Je la nue.

La pièce se sombre, je m'orage. La fermeture éclair. La robe, tonnerre. La tunique en l'air et ses dessous à terre. La rue se lune, le ciel se nuit. Je la nue.

Elle me peau, je la pulpe des doigts. On s'épiderme.

Je me préservatif, je m'hâtif et précipitation. Je me cafouillage. Elle me coup de main. Elle me coup de langue, me coup de hanche. Je l'à-coups, la contrecoups. On se secousses, cratère et volcanique.

Elle s'ébullition. Je m'éruption.

8.

Noite segunda

Eu me chuveiro que vazamento, ela se chegada antecipada.

Adele se vestido vermelho e saltos à espreita na poltrona. Eu me toalha, ela se de pé e me ao redor do pescoço.

Eu me vacilando, eu me frio na barriga. Ela me cochichos de amor ao ouvido.

A rua se noite, o céu se lua. Eu a nua.

A sala se escura, eu me tempestade. O fechamento do zíper. O vestido, trovão. A túnica no ar e sua roupa de baixo no chão. A rua se lua, o céu se noite. Eu a nua.

Ela me pele, eu a polpa dos dedos. A gente se epiderme.

Eu me preservativo, eu me apressado e precipitação. Eu me trapalhada. Ela me uma mão. Ela me língua, me quadril. Eu a solavancos, a contragolpes. A gente se tremores, cratera e vulcânico.

Ela se ebulição. Eu me erupção.

9.

Ce jour, on me scope et me mètre. On me batterie de tests.

Ils m'ausculation. Ils m'examen de partout. On m'ORL et me neurologie. Ils se foule autour de moi. Les médecins s'infirmières et les internes se docteurs. On s'interrogation : ils se pourquoi, ils me comment. Ils me bizarroïde et m'hurluberlu. Un olibrius ? Un zigomar ?

Un rodomont.

Je m'hôpital en urgence à cause de mon désordre.

On me scope et me mètre mais on ne rien d'anormal. Les choses en grand pour pas grand-chose. On me contre-visite avec scanner et IRM.

Une psychiatre m'ordonnance du repos et prescription de sirop. Brindezingue.

9.

Neste dia, eles me monitor e me medida. Me bateria de testes.

Eles me auscultação. Eles me exame de tudo. Eles me otorrino e me neurologia. Eles se multidão ao meu redor. Os médicos se enfermeiras e os residentes se doutores. Eles se interrogação: eles se por quê, eles me como assim. Eles me bizarrice e me excêntrico. Um maluco? Um malandro?

Um fanfarrão.

Eu me hospital de emergência por causa da minha desordem.

Eles me monitor e me medida, mas eles nada anormal. As coisas em grande para pouca coisa. Eles me retorno com tomografia e ressonância magnética.

Uma psiquiatra me prescrição de repouso e receita de xarope. Doideira.

10.

Jour troisième

L'avant-midi, on se Rivoli.

Puis Adèle m'île de la Cité et Cité de la musique. Je la Belleville, je la Villette.

L'après-matin, on se pont des Arts et Arc de Triomphe. On se Marais, on se République. Je lui Montsouris, rive gauche. Elle se place des Vosges et Vaugirard.

Elle se rue et je m'avenue. Je me square, elle s'esplanade. On se tours. Vertiges. On s'entour, se demi-tour, se détour par le parc de Bagatelle. Vertes tiges.

On se catégoriquement. On se définitivement.

10.

Dia terceiro

Antes-meio-dia, a gente se rua de Rivoli.

Depois Adele me Ilha da Cidade e Cidade da Música. Eu a Belleville, eu a Villette.

Após da manhã, a gente se Ponte das Artes e Arco do Triunfo. A gente se Marais, a gente se República. Eu lhe Montsouris, margem esquerda do Sena. Ela se Praça dos Vosgos e Vaugirard.

Ela se rua e eu me avenida. Eu me parquinho, ela se esplanada. A gente se torres. Vertigens. A gente se rodeio, a gente meia-volta, se atalho pelo parque de Bagatelle. Verdes caules.

A gente se categoricamente. A gente se definitivamente.

11.

Soir troisième

Têtes, nuque, cheveux.

Dans mon entresol, on se pêle-mêle. On se chaîne et entremets, on s'entremêlement.

On se tête-à-tête, elle s'Aphrodite. Je m'aphrodisiaque. Je lèvres sa nuque, elle langue mes lèvres. Elle se haut, elle se hauteur, elle se hautement et sur moi. Elle me cheveux, je l'odeur. Elle m'en dessous, bascule et tête-bêche.

On se tête-à-queue. On s'entrechats. Flancs, pointes et mont de Vénus. On se voix de tête, on se clameur. On se joie et débordements.

Je la tard, elle me tôt. Elle me dès le réveil. On se toujours, on se sans cesse. On s'en corps. On se sommeil à peine, entre-deux, entretemps.

On s'amoureusement. Nos têtes, sa nuque, mes cheveux. Le pied.

11.

Noite terceira

Cabeças, nuca, cabelos.

No meu mezanino, a gente se pra lá e pra cá. A gente se corrente e sobremesas, a gente se sobreposição.

A gente se cara a cara, ela se Afrodite. Eu me afrodisíaco. Eu lábios sua nuca, ela língua meus lábios. Ela se alto, ela se altura, ela se altamente e em cima de mim. Ela me cabelos, eu a odor. Ela me por baixo, balanço e cabeça nos pés.

A gente se cambalhota. A gente se *entrechats*. Laterais, pontas e monte de Vênus. A gente se voz de cabeça, a gente se clamor. A gente se alegria e transbordamentos.

Eu a tarde, ela me cedo. Ela me logo ao acordar. A gente se sempre, a gente se sem parar. A gente se corpos. A gente mal se sono, entre dois, entretempos.

A gente se amorosamente. Nossas cabeças, sua nuca, meus cabelos. O céu.

12.

Delphine se plus qu'assez de moi. Je me ras-le-bol, je l'insupportable. Elle m'irrespirable.

On se discorde, on se dissension. Elle se très, je me trop, on s'excès de tout et vexés d'un rien. On se division, se conclusion. Je la scène, elle se ménage. On se déménagement. On se suspension et temporisation. On se besoin de réflexion et promesse de fidélité.

Delphine se valises, je me cartons. Elle se studio, je me meublé. On se chacun chez soi et adieux pour tous.

On s'extraconjugal, je la trahison, elle me tromperie. Me duperie. Je la fourberie.

On se séparation, on se réparation. On se fiançailles et s'illusions. Je me surface, elle se semblant. On se façade, se faux-semblants. Pas grave!

Puisqu'aujourd'hui je m'Adèle.

12.

Delphine se mais que cheia de mim. Eu me saco cheio, eu a insuportável. Ela me irrespirável.

A gente se discórdia, a gente se dissenção. Ela se muito, eu me demais, a gente se excesso de tudo e ofendidos por nada. A gente se divisão, se conclusão. Eu a discussão, ela de relacionamento. A gente se mudança de casa. A gente se suspensão e temporização. A gente se um tempo pra reflexão e promessa de fidelidade.

Delphine se malas, eu me caixas de papelão. Ela se estúdio, eu me mobiliado. A gente se cada um na sua casa e adeus para todos.

A gente se extraconjugal, eu a traição, ela me infidelidade. Ela me trapaça. Eu a enganação.

A gente se separação, a gente se reparação. A gente se noivado e se ilusões. Eu me superfície, ela se fingimento. A gente se fachada, se falsidade. Tudo bem!

Pois hoje, eu me Adele.

13.

Jour quatrième

En arrière-plan de l'arrière-scène, le pont au Double et ses amants, la main tendue du capitaine vers Notre-Dame et son tympan. On se bateau-mouche, on se Seine. Je la sang, elle me veine.

Demi-tour et plein vent. Le moteur se turbulences, la machine se larsen. Je la fleuve, elle m'étang. On s'au fil de l'eau. Adèle me cuisse, je la contre moi. On se plaisir et plénitude.

Des Japonais se photos, des Italiens se vidéos. Des amoureux américains se champagne et flûtes. On s'orchestre et de concert. Elle se sensibilité, je me sensation, on se sensualité et sensuellement.

On s'ultrasensible.

On se dernier après-midi avec demain en tête. Adèle se départ, je me cafard. On se seul en scène et monologue. Dialogue tragique, vie en diagonale et carrément l'ovale au ventre. Atmosphère malsaine, pensées elliptiques. On se triste, on se tristesse. On se tristement et inévitablement.

13.

Dia quarto

No plano de fundo da cena de fundo, a Ponte ao Duplo e seus amantes, a mão estendida do capitão para Notre-Dame e seu tímpano. A gente se barco turístico, a gente se Sena. Eu a sangue, ela me veia.

Meia-volta e pleno vento. O motor se turbulências, a máquina se microfonia. Eu a rio, ela me lago. A gente se ao longo da água. Adele me coxa, eu a contra mim. A gente se prazer e plenitude.

Japoneses se fotos, italianos se vídeos. Casais americanos se champanhe e taças. A gente se orquestra e de concerto. Ela se sensibilidade, eu me sensação, a gente se sensualidade e sensualmente.

A gente se ultrassensível.

A gente se última tarde com amanhã em mente. Adele se partida, eu me melancolia. A gente se só em cena e monólogo. Diálogo trágico, vida em diagonal e francamente o frio na barriga. Atmosfera tóxica, pensamentos elípticos. A gente se triste, a gente se tristeza. A gente se tristemente e inevitavelmente.

14.

Soir dernier

Les yeux rougis, sur les draps, quelques bougies, du foie gras.

Vin de paille et grain de peau, Anjou blanc et blanc pinot. Douceurs aromatiques, étreinte tannique. Moelleux, liquoreux, évanescent, effervescent.

Langue sucrée et lèvres fruitées, dessous blancs et blancs dessous. Frais en bouche, chaud au corps. Tirage, soutirage, maturation, dégustation.

On s'été, on s'éther. On s'éternité.

14.

Noite última

Os olhos avermelhados, nos lençóis, umas velas, *foie gras*.

Vinho de palha e textura de pele, *Anjou blanc* e *blanc Pinot*. Doçuras aromáticas, abraço tânico. Suave, licoroso, evanescente, efervescente.

Língua doce e lábios frutados, roupas de baixo brancas e pele branca abaixo. Fresco na boca, quente no corpo. Prensagem, extração, maturação, degustação.

A gente se verão, a gente se éter. A gente se eternidade.

15.

Une déclaration, une dernière phrase. Un ultime mot. Adèle se wagon, je m'à quai. Elle se vitre, je me gel. Elle se gelée, je me déconfiture. On se naufrage et submersion.

Un enlacement, un dernier contact. Un ultime baiser. Elle se fauteuil, je m'acier. Elle fusion, s'effusion. Je me sidérurgie, me sidération. On se laminoir et anéantissement.

Un geste, un dernier signe. Un ultime regard. Le train se rails. Elle se voie ferrée, je me sans voix. Elle se chemin de fer, je me sans issue. On s'impasse.

On se peut-être, on se jamais. On se possible et éventuellement. Un souhait. Une dernière illusion. Un ultime vœu.

Un songe, un mirage, une hallucination. Un arbre, je me plante.

15.

Uma declaração, uma última frase. Uma palavra final. Adele se vagão, eu me plataforma. Ela se vidro, eu me gelo. Ela se congelada, eu me amargura. A gente se naufrágio e submersão.

Um abraço, um último contato. Um último beijo. Ela se poltrona, eu me aço. Ela se fusão, se efusão. Eu me siderurgia, me sideração. A gente se laminador e aniquilação.

Um gesto, um último sinal. Um olhar final. O trem se trilha. Ela se ferrovia, eu me sem voz. Ela se caminho de ferro, eu me sem saída. A gente se impasse.

A gente se talvez, a gente se jamais. A gente se possível e eventualmente. Um desejo. Uma última ilusão. Um voto final.

Um sonho, uma miragem, uma alucinação. Uma árvore, eu me no mato.

16.

J'ai reçu, ce matin, d'Adèle une lettre.

Une lettre débordant de verbes. Des verbes conjugués à tous les temps. Le temps du passé facile et de l'avant compliqué, le temps de l'inabouti, le temps d'aujourd'hui et celui de l'espérance. Surtout de l'espérance. Sans conditionnel ni impératif.

Les verbes Venir, Revenir, Cueillir, Accueillir. Les verbes Associer, Donner, Partager, Mêler.

Les verbes Grandir. Offrir. Réunir. Assortir. Les verbes Prescrire et Proscrire, Dire et Redire.

Les verbes Émouvoir, Savoir, Recevoir et Concevoir. Les verbes Effleurer, Caresser. Embrasser et Pourlécher.

Le verbe Accidenter. Et le verbe Aimer.

J'ai reçu ce matin d'Adèle une lettre, et subitement ma désorganisation s'est réorganisée. Mon équilibre s'est rééquilibré, mon désordre s'est réordonné.

Car je, d'un accident ou d'amour.

16.

Recebi, hoje de manhã, de Adele uma carta.

Uma carta transbordando de verbos. Verbos conjugados em todos os tempos. O tempo do passado fácil e do antes complicado, o tempo do inacabado, o tempo do hoje e aquele da esperança. Sobretudo da esperança. Sem condicional nem imperativo.

Os verbos Vir, Voltar, Colher, Acolher. Os verbos Associar, Doar, Compartilhar, Misturar.

Os verbos Crescer. Oferecer. Reunir. Combinar. Os verbos Prescrever e Proscrever, Dizer e Redizer.

Os verbos Emocionar, Saber, Receber e Conceber. Os verbos Roçar, Acariciar. Beijar e Lamber.

O verbo Acidentar. E o verbo Amar.

Recebi, hoje de manhã, de Adele uma carta, e subitamente minha desorganização se reorganizou. Meu equilíbrio se reequilibrou, minha desordem se reordenou.

Pois eu, de um acidente ou de amor.

SOBRE OS TRADUTORES

Sylvain Bureau é autor, pesquisador e tradutor francês que viveu por doze anos no Brasil. Doutor em Letras pela Universidade Federal do Paraná (UFPR), defendeu uma tese sobre literatura francesa contemporânea. Atualmente, trabalha como professor na região de Lyon, na França. Publicou, pela Secretaria de Cultura do Paraná, a coletânea de crônicas *A língua e o território*.

Ronie Rodrigues é artista transdisciplinar, tradutor e professor de língua francesa. É formado em Direção Teatral pela Unespar e especialista em Escritas Performáticas pela PUC-Rio. É integrante da grupa de escrita Membrana Literária e publicou os livros *Apagar histórias com a língua* (Urutau, 2021), *Roubar os mortos lamber os vivos* (Urutau, 2023) e *João* (Telaranha, 2024).

1ª edição [2025]

Este é o livro nº 24, a primeira tradução da Telaranha Edições.
Composto em Antipoda e Bely, sobre papel pólen bold 90 g,
e impresso em abril de 2025 pela Gráfica e Editora Copiart.